365 tweets de DEUS

LEO CARDOSO, @OCRIADOR

Planeta

Preparação: Marcelo Nardeli
Revisão: Camila Lins e Luciana Paixão
Capa e diagramação: Desenho Editorial
Ilustração de miolo e capa: Tiago Judas

CIP-BRASIL. CATALOGAÇÃO NA FONTE
SINDICATO NACIONAL DOS EDITORES DE LIVROS, RJ

C261t
Cardoso, Leo
365 tweets de Deus / Leo Cardoso, @OCriador; ilustração Tiago Judas. - 1. ed. - São Paulo: Planeta, 2015.
il.

ISBN 978-85-422-0642-5

1.Twitter (Firma). 2. Indústria da internet. 3. Redes sociais on-line. I. Judas, Tiago. II. Título: Trezentos e sessenta e cinco tweets de @ocriador.

15-27427 CDD: 006.754
CDU: 004.773

2015
Todos os direitos desta edição reservados à
EDITORA PLANETA DO BRASIL LTDA.
Rua Padre João Manoel, 100 – 21º andar
Edifício Horsa II – Cerqueira César
01411-000 – São Paulo – SP
www.planetadelivros.com.br
atendimento@editoraplaneta.com.br

DEUS É HUMOR (DEUS LUDENS)

O brincar é necessário para (levar uma) a vida humana.

São Tomás de Aquino
Suma Teológica II-II, 168, 3, ad 3

Acompanho as malcriações de @OCriador na atmosfera virtual do Twitter há muitos anos. Sou um sacerdote católico e teólogo profissional. Mantenho minha própria "conta verificada" com milhares de seguidores onde publico diariamente o meu #minisermao. Porém, devo confessar que sempre fiquei instigado pela inteligência de algumas destas pérolas em 140 caracteres publicadas pelo *fake* de Deus. Passei a seguir o misterioso ser que se atrevia a brincar de Onipresente, Onisciente, Onipotente e *On-line*. Mas quem sou eu? Um grão de areia na praia, afinal ele tem 1,5 milhão de seguidores. Incomum!

Qual não foi minha surpresa quando o próprio "criador" se tornou meu seguidor. Que honra, meu senhor! rs... Por mensagens diretas e privadas, agora era possível ter um diálogo pessoal com o enigmático autor. Tive até a oportunidade – imagine só – de manifestar minha indignação diante de algumas frases em que o semideus saturava um pouco na ironia ou baixava o nível de sua inteligência, normalmente sutil e surpreendente. Encontrei um autor humilde e humano o suficiente para deletar tweets ou reelaborar ideias imperfeitas. Felizmente ele não era tão divino assim.

"Deus é amor!", diz a frase lapidar da Bíblia. Mas só pode crer de verdade quem entende que Deus também "é humor". Jesus mesmo revelou que o céu será um lugar divertido onde seremos crianças com o eterno direito de brincar. Não sei se @OCriador acredita nisso na forma clássica de elaboração dogmática e confessional. Mas na sua prática vive este céu por antecipação. Viaja diariamente ao plano superior para tentar ver a Terra com os olhos de Deus. Este é um exercício saudável. Santos como Inácio de Loyola e Teresinha do Menino Jesus fizeram disto sua mística contemplativa e revolucionária. Olhar para o céu com os olhos da Terra, ao contrário, nos aprisiona no aqui e no agora e nos conduz a situações dramáticas e cruéis. Como entender a violência, a injustiça e a vitória dos corruptos? Fundamentalistas costumam ser reféns deste tipo de miopia fideísta.

Acredito que quando estivermos no colo de Deus tudo fará um pouco mais de sentido. Imagino, por exemplo, Renato Russo chegando ao céu cantarolando: "quem me dera, ao menos uma vez, entender como um só Deus ao mesmo tempo é três". Ao encon trar com ele @OCriador perguntará:

"Descobriu a solução para o enigma da Santíssima Trindade, Renato? Kkk."

E ele responderá:

"Veja só: eu somava 1+1+1 e sempre dava = 3. Mas chegando aqui entendi que o amor é mais que soma, é multiplicação! Por isso Deus é amor, ou seja 1 x 1 x 1 = 1. Três é igual a um. A unidade mora na diversidade. Ahhh se entendessem isso lá na terra..."

Simples assim!

@PADREJOAOZINHO
Pe. João Carlos Almeida, scj

Vocês dão tanto trabalho que, para dar conta,
Eu tenho que me desdobrar em três:
o Espírito Santo é Meu id,
Jesus Cristo é Meu ego e
Eu sou o superego.

JANEIRO

01/01 Parem de Me agradecer por mais um ano! Tecnicamente, para vocês, é um ano a menos...

02/01 Newton, diferentemente de Adão, entendeu Meu recado sobre a gravidade da maçã.

03/01 Tem crente que, quando entra para a Igreja, logo aprende que o futuro adeus pertences.

04/01 As mulheres sempre foram muito ciumentas: Eva, por exemplo, todos os dias contava as costelas de Adão.

05/01 Qual o problema de casais *gays* adotarem filhos? Jesus tinha dois pais, e até hoje ninguém reclamou!

06/01 Por que acabei com os dinossauros? Cansei de brincar de Jurassic Park e comecei a jogar The Sims.

07/01 Queria ver se você não ficaria magoado se seus avatares do The Sims começassem a dizer que você não existe...

08/01 Turbulência é o modo pelo qual Eu converto a maioria dos ateus.

09/01

É tanto "Deus te pague" que em breve
Meu nome vai estar no Serasa...

10/01

Filhos, entendam a morte como o *recall* de um produto defeituoso.

11/01 Quando Jesus disse para vocês darem a outra face, Ele já previa que, um dia, todos os humanos teriam duas caras.

12/01 Eu criei o homem antes da mulher para não ter que ouvir palpites.

13/01 Como todos os homens bobos, Adão achava suas cantadas óbvias extremamente inteligentes: "Eva, para mim, tu és única".

14/01 AVISO: exposição
ao Evangelho
pode prevenir
queimaduras.

15/01 Vocês não devem sair
acreditando em tudo
que leem por aí sem
questionar! A Bíblia é
uma exceção...

16/01 Caros políticos,
cuidado: ter escolhido
Meu filho para ser
o Messias não quer
dizer que Eu seja a
favor do nepotismo!

17/01 O Senhor do Bonfim acabou de passar aqui e disse: "Tô num corre, porque tenho *umas fita* pra resolver".

18/01 Para certos líderes religiosos, o ensinamento cristão se resume a "ou dá ou desce".

19/01 Falta de fé é uma igreja com para-raios.

20/01

Filhos, estudem a Bíblia: o Juízo Final será como um grande vestibular. E eu não vou aceitar Enem!

21/01

Nietzsche está morto.
Ganhei!

22/01 Eu não troco costela por mulheres! Parem de pedir! Aquilo foi só uma experiência...

23/01 Não, os Dez Mandamentos não são múltipla escolha. Nem vocês vão passar por média se cumprirem cinco.

24/01 Eu não preciso fazer caligrafia!

25/01 É aniversário de São Paulo, mas, na hora do parabéns, não cantem "Derrama, Senhor, derrama...", senão dá enchente.

26/01 As amídalas têm função, sim. E é punitiva.

27/01 Permita-Me explicar: vinhos tintos são as hemácias, vinhos brancos, os leucócitos.

28/01 Hoje estou de ótimo humor. Penso até em dar o prêmio da Mega-Sena a todos que têm pedido constantemente. Vai dar 50 centavos pra cada um.

29/01 Vocês são à Minha imagem e semelhança, portanto, respeitem isso e parem de fazer *piercing* em suas genitálias.

30/01

Milagres só acontecem pelo sistema *pray-per-view*.

31/01

Depois de morder a maçã, Eva se entristeceu ao perceber como era pequena a folha que cobria Adão.

FEVEREIRO

01/02 Não venham com esse papo de "Segura na mão de Deus". Eu sei que, se Eu der a mão, vocês logo vão querer o braço.

02/02 Podem parar de fazer oferendas à Iemanjá. As praias andam tão poluídas que ela não frequenta mais, com medo de pegar hepatite.

03/02 Não! São Benedito não foi canonizado por cota!

04/02

O Sermão da Montanha... russa: "Meeeeussss amaaaadosss fiiiilhooosss...".

05/02

Vocês Me decepcionam, pecando pela gula, e depois Me incomodam, rezando para emagrecer...

06/02

Na escola fundamental de Jerusalém, há dois mil anos: João? Presente! Pedro? Presente! Jesus? Onipresente!

07/02 Demorou 1.464 anos para Da Vinci fazer os apóstolos entenderem por que tiveram todos que sentar do mesmo lado da mesa na Última Ceia.

08/02 Não ligo que o Diabo seja intitulado como pai do rock, contanto que não Me responsabilizem pelo axé.

09/02 Quando Noé anunciou aos animais o fim do dilúvio, a comemoração foi tanta que nasceu o ornitorrinco.

10/02

Pecador, não reclame do calor: pense nisso como um estágio para o Inferno.

11/02 Pensando bem,
deixar o destino
da humanidade
nas mãos de dois
adolescentes pelados
não foi lá uma boa
ideia...

12/02 Ao morder a maçã e
ser expulsa do Éden,
Eva deu início à maior
preocupação das
mulheres: não ter o
que vestir para sair.

13/02

Adão e Eva eram
brasileiros: não
tinham o que vestir,
apenas uma maçã
para comer, sem
casa para morar e
a certeza de que
estavam no Paraíso.

14/02 Parem de dizer que Jesus é a solução de tudo, Ele já está saturado disso!

15/02 Quando curou o cego e fez o aleijado andar, formaram-se filas imensas de enfermos para Cristo atender. Então passaram a chamá-Lo de JeSUS.

16/02 Certos pastores andam superfaturando a obra de Deus.

17/02

O Carnaval está chegando e, daqui a nove meses, vocês entenderão o conceito de "Crescei e multiplicai-vos".

18/02

Enviei para o Inferno um folião da pipoca que, no Carnaval, olhou para o "cordeiro" do bloco e disse: "Tende piedade de nós".

19/02 No Carnaval, vocês confundem "Amai-vos uns aos outros" com "Amai-vos uns sobre os outros".

20/02 A Quarta-Feira de Cinzas é a maneira que Eu encontrei para fazer vocês pagarem pelos pecados cometidos no Carnaval.

21/02

Tsunami sou Eu tirando onda!

22/02

Quando Lúcifer
se rebelou contra
Meu reino, antes
de expulsá-lo, olhei
em seus olhos e
disse: "Você traiu o
movimento, véi...".

23/02

O que um sachê de Tang uva não faz, não é, Jesus?

24/02 Quando Eva discutia com Adão, ele sempre resmungava: "Que osso duro de roer...".

25/02 Parem de dizer que encontraram Jesus. Salvação não é pique-esconde.

26/02 Jesus, com 12 apóstolos, dividiu a história da humanidade. Agora, respondam: para que um presidente precisaria de 39 ministros?

27/02 Como um Deus ao mesmo tempo é três? O Espírito Santo é Meu *id*, Jesus Cristo é Meu ego e Eu sou o superego.

28/02 A Fé é diretamente proporcional ao grau de desespero.

MARÇO

01/03 Quando encontrou o cego, Jesus curou-lhe a vista. Infelizmente, hoje em dia, certos pastores só curam à vista.

02/03 Sim! Eu estou testando sua paciência...

03/03 Etimologicamente, a palavra “crucificação” é formada pelos substantivos “cruz” e “ficção”.

04/03

Na Última Ceia, Judas sentou-se na cabeceira da mesa e Jesus brincou que ele pagaria a conta. Judas balbuciou: "Com 30 moedas de prata".

05/03 Parem de preconceito
contra o candomblé.
Tecnicamente, Maria
era mãe de santo.

06/03 Sinceramente,
não entendo
como darwinistas
acreditam em uma
teoria que trata os
humanos como seres
evoluídos...

07/03 Vocês se acham tão
inovadores falando
de *crowdsourcing*, né?
Pois saibam que, há
dois mil anos, foi assim
que escrevi a Bíblia.

08/03 Só há uma coisa mais forte que a Fé: o *royal straight flush*.

09/03 Eu admiro os ateus: eles não saem por aí matando por causa de desenhos, se explodindo com bombas, jogando aviões em torres.

10/03 Jesus não deveria ter feito o milagre da multiplicação dos peixes, mas a multiplicação das varas de pescar.

11/03 Pode parecer contraditório, mas José não chegou a conhecer Maria biblicamente.

12/03 A Serpente convenceu Eva a pecar dizendo que comer maçã emagrecia.

13/03 Se Eu deixei Meu único filho morrer crucificado, pense o que Eu não seria capaz de fazer contigo. Portanto, comporte-se!

14/03 Quando um pastor
diz que o fiel está
amarrado, geralmente
é pela conta-corrente.

15/03 Humanos são muito
problemáticos. Para
cuidar de vocês,
Eu tenho que Me
desdobrar em três.

16/03 Durante o culto,
quando os pastores
gritam que Jesus está
operando, o barulho é
tão grande que parece
ser sem anestesia.

17/03 O que Me impressiona é que Adão foi pai aos 130 anos de idade, mas o cajado famoso é o de Moisés.

18/03 Jesus tem um plano para todos. Mas, no seu caso, ele já está usando um plano B.

19/03 Filha, antes de reclamar que todo homem que corre atrás de você é cachorro, lembre-se que a mulher foi feita de um osso.

2 0 / 0 3 Quando Adão reclamou da solidão, Eu lhe disse: "Vamos apostar uma costela que há um problema maior?".

2 1 / 0 3 Adão semprc aguardava ansiosamente pelo outono, a época em que as folhas caem.

2 2 / 0 3 Enquanto houver perguntas cujas respostas não estejam no Google, Eu existirei.

23/03

Para que tu entendas a trindade: Eu posso ser três, assim como o companheiro do Ash pode ser Pichu, Pikachu e Raichu.

24/03

O passatempo favorito de São Pedro é procurar pessoas dizendo “Só falta chover”.

25/03

Após o milagre, Maria Madalena disse: “Andar sobre as águas é fácil, quero ver Jesus andar com um salto de 15 cm”.

26/03

Hoje, Jesus seria indiciado por formação de quadrilha, exercício ilegal da medicina, curandeirismo e perturbação da ordem.

27/03

Ao ressuscitar, Jesus apareceu primeiramente para uma mulher, pois queria que a notícia se espalhasse rapidamente.

28/03 Em se tratando de cristianismo, não se pode negar que Moisés foi um divisor de águas...

29/03 Não é porque o dinheiro vem de dízimo que a conta tem que ser fantasma e em paraíso fiscal.

30/03

Mulheres: quem mais daria ouvidos a uma cobra falante?

31/03

Pecadores que
programam churrasco
na Sexta-Feira
Santa estão certos,
afinal, é bom ir se
acostumando com
fogo, brasa e espeto.

ABRIL

01/04 Se o Diabo é o “pai da mentira” e 1º de abril é o “dia da mentira”, hoje é, oficialmente, o Natal dos satanistas. Parabéns!

02/04 Testemunhas de Jeová batendo na porta das suas casas são os meus *spammers*.

03/04 O sacramento da confissão só pode ser feito a padres, e não a freiras, pelo fato de que freiras são mulheres, e a confissão, um segredo.

04/04 Os tempos são outros. Hoje, se você diz a um jovem que vai "malhar o Judas" ele já retruca: malhar não, treinar!

05/04 Incesto, masoquismo, álcool, sodomia e traição... Se querem emoção, parem de ler *50 Tons de Cinza* e vão ler a Bíblia.

06/04 Onde estão os ecoativistas para protestarem contra certos pastores evangélicos, pelo uso de pele de cordeiro?

07/04 Que tédio! Vou travar mais uma impressora...

08/04 Mulheres são todas iguais: nem Fátima, uma santa, conseguiu guardar seus três segredos.

09/04 Eu sou o CEO do Céu.

10/04 A frase “Encontrei Jesus” foi dita pela primeira vez por uma criança em Nazaré, durante uma brincadeira de pique-esconde.

11/04 Basta passar um dia inteiro descansando para ganhar a fama de brasileiro.

12/04

Quando Maria passa aqui no Céu, Eu sempre brinco com ela: "Olha que coisa mais linda, mais cheia de graça...".

13/04 Minha maior felicidade quando morre um ateu é olhar dentro dos olhos dele e falar: "Eu nããããooo disseeeeeee?".

14/04 Jesus distribuiu os apóstolos por meio de códigos: "Pedro, és o X1. João, és o X2". Judas, naturalmente, foi o X9.

15/04 Cuidado para um bispo não colocar sua salvação em cheque.

16/04 Quando estiveres desesperado, lembra-te que Jesus te ama. Por obrigação, mas ama.

17/04 Eu gosto de judeus, não é qualquer um que corta um pedaço do pênis só para Me agradar.

18/04

Aqui no Céu os anjos tocam harpas. No Inferno os demônios tocam, obviamente, cavaquinho.

19/04 Lugar de bispo é no xadrez.

20/04 Filho, queres uma prova em concreto de que Jesus existe? No Rio de Janeiro há uma de 38 metros...

21/04 É lamentável saber que, atualmente, a única coisa com que vocês se preocupam em converter são arquivos.

22/04

Quando vocês rezam "Senhor, escutai as nossas preces", Eu coloco as mãos nos ouvidos e faço: "Lá, lá, lá, lá".

23/04

Na lua? De armadura? Lutando com um dragão? São Jorge deveria ser padroeiro da ficção científica.

24/04 Dalila, quando queria discutir a relação com Sansão, esperava que ele tivesse um *bad hair day*.

25/04 Adão gostaria de deixar claro que o motivo de ele ter tirado a costela é absolutamente diferente que o do Marilyn Manson.

26/04 Cada um tem sua própria forma de demonstrar amor – a Minha é te jogando no mar de fogo se não Me amares também...

27/04 Jesus sempre era expulso da sala durante as aulas sobre "O que eu vou ser quando crescer?".

2 8 / 0 4

A maior dificuldade de Joquebede, mãe de Moisés, era dar banho nele.

29/04 O cristianismo
não é *Open Source*.
Portanto, parem de
pegar Minha palavra,
modificar e sair
vendendo como se
fosse sua.

30/04 Quando os jogadores
beijam as camisas
de seus clubes, não
sei o porquê, mas Me
lembro do beijo que
Judas deu em Jesus.

MAIO

01/05 Todo Dia do Trabalho
Eu lembro que tive
sete dias de tanto
trabalho para vocês
estragarem tudo com
duas mordidas.

02/05 A frase "O sangue
de Jesus tem poder"
é linda, mas foi dita
pela primeira vez
por um apóstolo com
ressaca de vinho após
a Santa Ceia.

03/05 Quando Judas fez
a primeira delação
premiada da história,
o governo também
lavou as mãos.
Mas, desta vez, o
crucificado é você.

04/05 Sim! Deves guiar
toda tua vida pela
tradução questionável
de um livro escrito
há dois mil anos. Meu
universo, Minhas
regras.

05/05

Quando o menino Jesus questionou sobre como nasciam os bebês, José respondeu: "Filho, isso tudo é muito relativo".

06/05

Eva se incomodava
muito com os boatos
que diziam que ela se
entregou ao primeiro
cara que apareceu.

07/05

O *hardware* do cérebro humano é perfeito. O problema é que o *software* é uma versão demo.

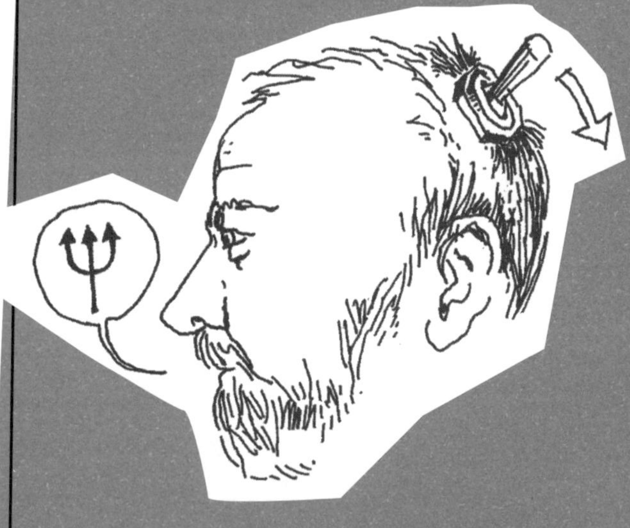

08/05 Depois de comer a maçã, Adão bem que poderia ter matado a cobra, em vez de ter mostrado...

09/05 Essa tal "força superior" em que vocês dizem acreditar é 110 ou 220 volts?

10/05 Mães são todas iguais: Maria acabou de dizer a Jesus que o melhor presente que ela poderia receber seria ele cortar aquele cabelo.

11/05 O ritual do batismo, em determinados templos, é feito por submersão na água para facilitar a lavagem cerebral.

12/05 Queridos humanos, não é porque vocês são feitos de barro que precisam viver chafurdando na lama...

13/05 Você que se diz contra a guerra entre Israel e Palestina, mas briga há 12 anos com o vizinho pela vaga da garagem: estou de olho!

14/05 Quando se sentirem
injustiçados, vejam
pelo lado bom:
pelo menos não te
enfiaram pregos...

15/05 Quando criticavam
Jesus por andar muito
com Maria Madalena,
Ele se justificava:
também sou filho de
Deus.

16/05 Apenas um homem
foi sincero ao dizer
que desejava uma só
mulher: Adão. E por
falta de alternativa.

17/05

Jesus, quando crucificado, cantarolou: "Estou a dois passos do Paraíso, talvez eu volte ou fique por lá...".

18/05

O projeto ovo/galinha saiu perfeito. O complicado foi saber por onde começar...

19/05 Perto de Brasília, Sodoma era a Disneylândia.

20/05 Você pode acreditar em São Pedro, Jesus, Virgem Maria, Espírito Santo, São Longuinho e Anjo Gabriel, contanto que saiba que é um MONOTEÍSMO.

21/05 Ateus de todo o mundo: quando se unirem, por favor, tentem fazer chover, tá?

22/05

Para pecado não
há Ctrl+Z, mas,
caso se arrependa
verdadeiramente,
Eu disponibilizo um
Ctrl+S.

23/05

Estás me pedindo
uma "luz", filho? Sai,
pelo menos por cinco
minutos, da frente
do computador que
verás o Sol.

24/05 O que é, o que é? Começa com "GO", sabe de tudo e está em todos os lugares: "GOD"! E vai para o Inferno quem disse Google!

25/05 Nem tudo você pode, em Mim que te fortaleço: tente lamber o cotovelo.

26/05

Se Eu soubesse que
vocês assassinariam
o português assim,
após a Torre de Babel
Eu não teria criado
línguas, mas deixado
vocês mudos.

27/05

O que Jesus mais
queria quando estava
sendo crucificado era
um Habeas Corpus
Christi.

28/05

Minha estratégia para sábados chuvosos era que vocês ficassem em casa e cometessem menos pecados. Aí o Diabo inventou o pornotube.

2 9 / 0 5

Pela última vez:
hóstia não é aperitivo
para o vinho!!!

30/05 A voz do povo não
é a Minha voz.
Eu jamais falaria
"prástico", "pobrema"
e "framengo".

31/05 Adão está aqui
reclamando que Eva
fez uma salada com o
melhor terno dele.

JUNHO

01/06 Após o milagre, Jesus se aborreceu bastante quando reclamaram que o vinho estava aguado.

02/06 Amado filho, a boa notícia é que nós temos um encontro marcado, a má é que está mais próximo do que você imagina.

0 3 / 0 6

Em virtude de decorrentes inadimplências, a partir de hoje, Eu só aceito promessas por escrito e com firma reconhecida.

04/06 Jesus, mais de 2.000 anos com um Corpus Christi de 33...

05/06 Sinceramente? Não adianta perguntar "O que Jesus faria?" diante dos problemas, já que ele podia fazer milagres e você não.

06/06 Minha justiça divina não permitiria deixar apenas as mulheres sofrendo os martírios da menstruação, por isso criei a TPM.

07/06

Vende-se bola azul, 6 bi de anos de uso, milhões de espécies incluídas. Garantia estendida até o apocalipse.

08/06 Quando criança,
Jesus sempre ouvia
de Maria: “Menino,
come esse almoço
todo e para com essa
desculpa de que tá
jejuando”.

09/06 Ateus podem ser
encontrados por toda
parte, menos em UTIs,
elevadores quebrados
e aviões em queda.

10/06

Ao pé da letra, a tradução do termo hebraico "amém" quer dizer "câmbio".

11/06 A fofoca sempre existiu. Os fariseus, por exemplo, quando Jesus passava, diziam: "Esse aí pensa que é dono do mundo...".

12/06 Quando Jesus foi crucificado, Eu disse a Maria Madalena: "Calma, Eu trago a pessoa amada em três dias".

13/06 Meus amados filhos, parem com esse boato de que Maria Madalena era prostituta. Ela era apenas modelo e atriz.

14/06 José havia acreditado sinceramente na história de Maria, mas tinha uma ponta de receio de ouvir após o parto: "É uma menina!".

15/06 Adão acordou em uma banheira cheia de gelo, com uma cicatriz na costela e um problema para o resto de sua vida.

16/06 E, quando Abraão ergueu a mão com o punhal para sacrificar seu filho, Eu surgi e lhe disse: “Pegadinha do Malandro!”.

17/06 A Razão e a Fé são como a água e o óleo: há sempre um babaca querendo misturar simplesmente para comprovar que não se misturam.

18/06 Minha sugestão para as igrejas otimizarem as sacolinhas de doações: bordar a frase "Deus está vendo".

19/06 Que tédio! Vou estourar uma espinha em quem programou festa para o sábado à noite...

20/06

Nos dias atuais, o amor é uma conspiração capitalista criada por floricultores gananciosos.

21/06 Jesus, quando crucificado, pensou: "Deveria ter ouvido minha mãe, cortado o cabelo e arranjado um emprego de verdade".

22/06 Se Moisés houvesse ouvido sua esposa e parado para pedir informação, não teria vagado 40 anos perdido pelo deserto.

23/06 Já está tudo pronto para Jesus voltar à Terra. O problema está sendo encontrar outra virgem...

24/06 Em 1500 a.C., Eu enviei a Moisés as Tábuas da Lei. Ou seja: 3.500 anos depois, e vocês continuam falando "tauba"!

25/06 Segundo a Bíblia, Jesus viveu entre pecadores e ladrões. Portanto, não se espantem se Ele reencarnar em Brasília.

26/06 Jesus reprovou em matemática quando apresentaram o problema: "Você tem 2 pães e 3 peixes, quantos alimentos tem no total?".

27/06 Só a título de aviso: não passei procuração para nenhum pastor falar "em nome de Jesus".

28/06 No Rio de Janeiro até o Cristo está com as mãos para o alto!

29/06 Filho, para Mim, tu és único e especial. Assim como todos os outros!

30/06 Testemunhas de Jeová acham errado doar órgãos. Mas acham certo bater na porta da sua casa domingo de manhã. Vai entender...

JULHO

01/07 Contrata-se jardineiro que não goste de maçã!

02/07 Quando do barro criei Adão, a primeira coisa que ele fez, ao levantar, foi gritar "FIRST!".

03/07 Que conversa é essa que o mundo está mais perigoso? Na época de Caim e Abel, 25% da população era assassina!

04/07 Pastores, parem de colocar a culpa dos problemas financeiros dos fiéis no pobre Diabo. Afinal, ele não tem tomado 10% do salário de ninguém.

05/07 Moisés vagou pelo deserto por 40 anos em busca da Terra Prometida, seguindo Meus desígnios: "Tá quente... Tá frio... Tá esquentando de novo...".

06/07

Quando Maria anunciou a gravidez, José olhou para o Céu, ergueu as mãos e disse: “Pai, e o ‘Não cobiçar a mulher do próximo’?”.

07/07

Caros pastores, não é porque a Bíblia é feita de passagens que vocês devem agir como cobradores.

08/07 Minha seleção: Golias (um gigante no gol), Moisés (para abrir a defesa), Davi (para lançar à distância), Jesus (capitão) e Caim (matador).

09/07 Com o amor divino, criei todos os Meus filhos. Em retribuição, vocês batizam o dedo do gesto obsceno como "pai de todos".

10/07

Filhos, é melhor gastar 10% Comigo do que com o garçom. Não é?

11/07 Se a CPI olhar para trás e enxergar todo o histórico, a Petrobras vai virar uma estátua de pré-sal.

12/07 Todo dia, era a mesma coisa para Maria: "Jesus, já para o banho! Entra logo nessa água. Vinho. Água. Vinho. PARA!".

13/07 Filho, cabe a ti agir para que, no dia do teu julgamento, a trilha sonora seja *Stairway to Heaven*, e não *Highway to Hell*.

14/07 Na primeira vez que viu Judas, Maria disse a Jesus: "Não gosto daquele seu amigo, não traga mais ele aqui em casa".

15/07 Se a Cabala não vem a Mim, Eu vou acabá-la.

16/07 Outros tempos... Hoje, quando os pastores falam que estão juntando dinheiro para comprar bancos para a igreja, tratam-se do HSBC e do Itaú.

17/07 Eu também não acredito em ateus.

18/07 Spoiler para quem ainda não terminou a Bíblia Sagrada: o mocinho morre no final. Mas ressuscita!

1 9 / 0 7

Quando Jesus disse
“Esta noite, um de
vós irá me trair”,
Judas perguntou de
prontidão: “Mestre,
acaso soy yo?”.

20/07

Saturno é Meu Pogobol.

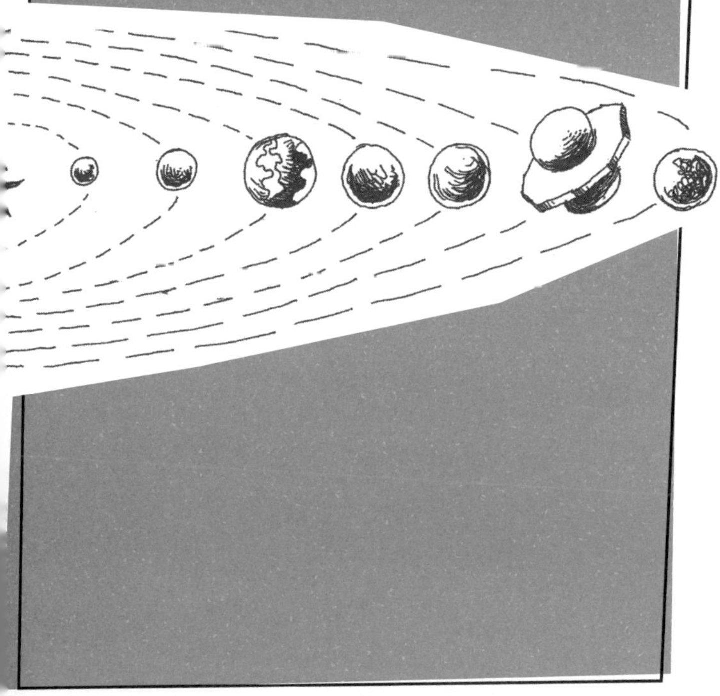

21/07

Se chama “céu da boca” porque foi projetado para servir como porta-hóstia.

22/07

Quer encontrar Jesus? Continue mexendo no celular enquanto dirige...

23/07 Eu cobro apenas 10% para realizar Minhas obras. Tem prefeito por aí que chega a cobrar 30%!

24/07 Políticos sempre foram assim, até Pôncio Pilatos teve a mão molhada para libertar Barrabás.

25/07

De que adianta eu dar o pão vosso de cada dia se vocês, antes de comerem, deixam o Diabo amassá-lo?

26/07 Jesus falava por meio de parábolas, mas isso não quer dizer que ele não tinha um papo reto, tá ligado?

27/07 Em certas igrejas, além de se aceitar Jesus, também são aceitos Visa e Mastercard.

28/07 Tá com frio, filho? Calma, que o Inferno é quente...

29/07

Um deserto árido
no único local do
Oriente Médio onde
não há petróleo:
Moisés só podia tá de
brincadeira quando
chamou de Terra
Prometida.

30/07

Me arrependo de
não ter usado o
dia em que passei
descansando para
trabalhar melhor no
projeto "humanos".

31/07

A maior dificuldade do setor de administração daqui do Céu é conviver com a quantidade de funcionários fantasmas.

AGOSTO

01/08

Acreditar que toda a imensidão do Universo surgiu em uma explosão, por acaso? Precisa mesmo de muita fé para ser ateu.

0 2 / 0 8

Triste constatação: quanto mais templo se funda, mais o cristianismo se afunda...

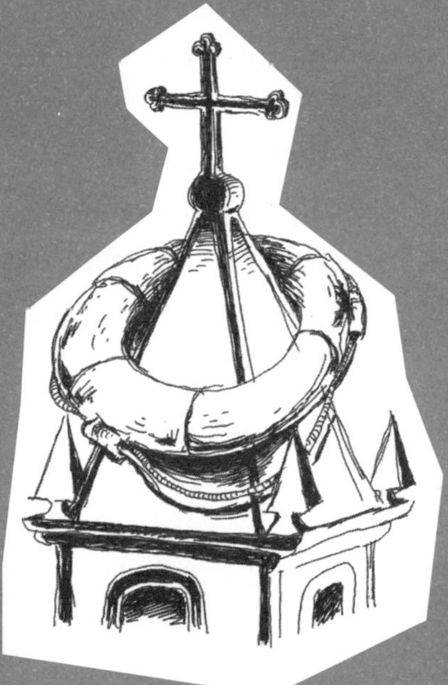

03/08 Querem saber o porquê da programação televisiva do domingo? É castigo: domingo é o dia que vocês deveriam estar na missa.

04/08 Existe, sim, pecado ao sul do Equador. Um deles é jogar esse futebol medíocre.

05/08

Lançarei um programa de TV com o objetivo de reconverter cristãos que se tornaram ateus: o "Vale a Pena Crer de Novo".

06/08 Se os canais continuarem passando tantos programas evangélicos, as madrugadas se chamarão “Todo Mundo Odeia Cristo”.

07/08 A ideia inicial da Teologia da Prosperidade era que os fiéis prosperassem, e não exclusivamente os pastores.

08/08 Quando Jesus disse "Tomai todos e comei, este é o meu corpo", Maria Madalena respondeu: "Jesus, és um pão...".

09/08 Rezar é a melhor forma de pensar que está ajudando...

10/08 Recebo tanto pedido bobo que Minha frustração é, por ser onipresente, não poder dizer: "Vai ver se Eu tô na esquina".

11/08

Hoje está um alvoroço lá no Inferno. Bebedeira, comemoração e até fogos de artifício... Feliz Dia do Advogado!

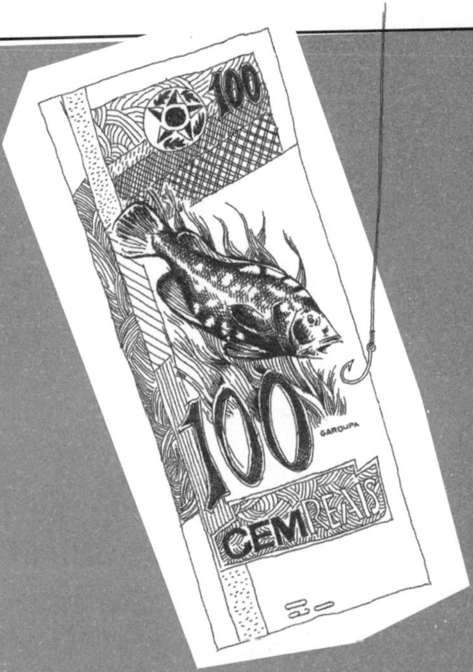

12/08

Alguns pastores são especialistas no milagre da multiplicação dos peixes... das notas de cem.

13/08 Criei primeiro o homem pelo mesmo motivo que vocês, humanos, fazem experiências primeiro com ratos.

14/08 Judeus não se decidem sobre o assunto de cobrir ou não a cabeça: cortam o prepúcio, mas usam o kipá.

15/08 Pastores, parem de gritaria: ungir é uma coisa, rugir é outra...

16/08

Uma comissão de anjos contabiliza os pecados do batedor e do goleiro para decidir a que reza responderemos na hora do pênalti.

17/08 Estou de olho em você indo dormir sem tomar banho por causa do frio!

18/08 Tecnicamente, Eu fiz a primeira inseminação artificial da história.

19/08 Bob Dylan, tem gente!

20/08 Humanos confundem venerar o ubíquo com venerar o umbigo.

21/08 Quando você se masturba, seus avós falecidos estão aqui assistindo, tá?

22/08 Os tamanduás se desesperaram quando souberam que Noé havia embarcado apenas um casal de formigas.

23/08 Quando Moisés leu o mandamento "Não cobiçar a mulher do próximo", ouviu-se um alto grito de comemoração. Era um senhor chamado Próximo.

24/08

Jesus sempre passava os recreios da escola sozinho. É que com Jesus não se brinca...

25/08

Estão confundindo "cobrar o dízimo do salário do fiel" com "dizimar o salário do fiel".

26/08

E, no quadragésimo dia, Noé olhou para o Céu, ergueu os braços e bravejou: "Pai, pelo Seu amor, para de floodar!".

27/08

Sim, Jesus morreu pelos teus pecados, mas isso não é desculpa para pecares compulsivamente apenas para "não ter sido em vão".

28/08

Saudade da época em que Eu criava planetas, e não precisava gastar Meu tempo fazendo rostos de Jesus em torradas.

29/08

Dinheiro não é tudo. Judas tinha 30 moedas de prata e ainda assim estava com a corda no pescoço.

30/08

Por favor, quando forem divulgar o Evangelho, não digam que vão pregar Jesus Cristo. Ele sempre se assusta!

31/08

Jesus nasceu no
estábulo, sob
condições precárias,
e foi colocado em
uma manjedoura.
Mas poderia ser pior,
poderia ser no SUS.

SETEMBRO

01 / 09

Vou começar a interromper o download quando alguém do candomblé for baixar santo.

02/09 Jesus sempre costuma dizer: "Minha vida é um livro aberto". No caso, a Bíblia.

03/09 Eu peguei Jesus pra Cristo!

04/09 Nosso setor de criação de seres vivos está trabalhando para lançar a versão definitiva do peixe beta.

05/09 Depois que desmascararam a pulseira Power Balance, o Senhor do Bonfim está aflito aqui no Céu.

06/09 Eu criei os humanos porque não tinha como transportar os micróbios.

07/09 Noé teve a primeira pokébola da história!

08/09

A melhor forma
de fazer os alunos
rezarem não é
ensinando sobre o
criacionismo, mas
fazendo provas de
matemática difíceis.

09/09

O Estado é laico, mas
o Inferno é quente.

10/09

Eu passo o dia programando a Lua, e vocês gastam a noite inteira olhando para a tela do computador...

11/09 Bons tempos quando alguém exclamava "Meu Deus, me dê um sinal" e não estava falando de wi-fi.

12/09 Hoje estou ao Eu darei.

13/09 O Cão é o inverso perfeito de Deus. Por isso o contrário de God é Dog.

14/09 11º mandamento: não postarás foto fazendo biquinho na internet.

15/09 Pelo Meu amor, não use "Foi a vontade de Deus" quando não tiver mais em quem jogar a culpa.

16/09 O amor cristão de certos pastores é Real.

17/09 Filho, por favor, Eu não lhe dei a vida para gastá-la sendo um idiota.

18/09

Redes sociais são um confessionário em praça pública.

19/09 Não vai subir ninguém!

20/09 Vocês que "preferiram esperar", se nunca receberam a visita de um tal Arcanjo Gabriel, vale repensar, ok?

21/09 Atualizações automáticas do sistema são o meio pelo qual o Tinhoso intervém no seu livre-arbítrio.

22/09 Que tédio! Vou esconder mais um osso de dinossauro...

23/09 Pare de Me perguntar qual é tua missão na vida. Eu não explico piadas.

24/09 Foi tanto "Tomai todos e bebei" que, na Última Ceia, teve apóstolo chamando Jesus de Genésio.

2 5 / 0 9

Tudo é relativo. Os fariseus conheciam os apóstolos como "gangue do cabeludo".

26/09 Consegui criar o mundo em sete dias porque não tinha nenhum cliente palpitando e exigindo mudanças de última hora.

27/09 São Paulo acabou de encontrar São Pedro aqui no Céu e perguntou: "Setembrochove?".

28/09 Quando Maria mandava Jesus fazer alguma atividade doméstica, Ele respondia: "Mãe, já ouviu falar que santo de casa não faz milagre?".

29/09 A Bíblia não é lâmpada mágica, nem Eu sou o gênio da lâmpada! Portanto, parem de abrir a Bíblia só para fazer pedidos.

30/09

É verdade que "Deus é testemunha". O problema é que sou testemunha da acusação.

OUTUBRO

01/10 Quando certos pastores dizem ao fiel que estão obrando por ele, geralmente também estão andando.

02/10 Quando Adão disse pela primeira vez à Eva que a amava, ela retrucou: "Você deve dizer isso para todas...".

03/10 O dízimo é uma forma sem graça de entender que nem a graça divina é de graça.

04/10 Jesus te ama, mas aí na Terra quase todo mundo te acha babaca.

05/10 Profetas, por favor, substituam suas placas de "O fim está próximo" por "Esqueçam, é tarde demais".

06/10 Há tantas Testemunhas de Jeová convidando os outros para falar de Jesus que o coitado está aqui com a orelha vermelha...

07/10

Prometi a Noé que não mais destruiria o mundo em outro dilúvio. Mas nada mencionei sobre o calor estafante. Ok?

08/10

Não, o Cristo Redentor não é o megazord de Jesus!

09/10 Hoje em dia a
perseguição religiosa
é tão grande que,
em breve, criarei o
Programa de Proteção
a Testemunha de Jeová.

10/10 Em ano eleitoral, todo
político que está ruim
de voto apela para a
fama de bom devoto.

11/10 Milagre não é andar
sobre as águas,
fazer cego enxergar
ou curar aleijado.
Milagre mesmo
é fazer brasileiro
aprender a votar.

12/10 O folheto de divulgação de campanha eleitoral se chama santinho porque é por isso que o político tenta se passar nessa época.

13/10 Quando vejo esses políticos ditos cristãos usando Meu nome em vão, Eu fico feliz por não existir.

14/10 Candidatos que dizem "Se Deus quiser, serei eleito", saibam logo: não, Eu não quero!

15/10

Vegetarianos, se fosse assim, o pecado da carne não teria sido iniciado com uma mordida em uma maçã.

16/10 A Arca de Moisés salvou a humanidade da extinção. Sabe o que isso significa? Que você deve ler mais a Bíblia. A Arca era de Noé.

17/10 No Céu tem pão, mas o Diabo amassou...

18/10 Está proibida a pregação religiosa embaixo do Masp! Não se pode usar o Meu nome em vão...

19/10 Jesus curou cego, fez paralítico andar e até ressuscitou um morto. E, tudo isso, sem trazer nenhum médico de Cuba.

20/10 Saudades de quando vocês se preocupavam com "O fim está próximo". Hoje, só se preocupam se "o finde está próximo".

21/10 Jesus andava, com orgulho, entre ladrões e prostitutas. Mas morre de vergonha de se ver citado nos comícios desses políticos.

22/10 As folhas da Bíblia feitas de seda são uma homenagem da nossa gestão a Jah.

23/10 A maioria dos humanos só é verdadeiramente fiel a uma santa: a Santa Ignorância.

24/10

As 10 pragas do Egito antigo não são nada perto da grande maldição contemporânea: os atendentes de *call center*.

25/10

Filho, quando disserem que estás com um corpo divino, lembre que Buda tinha 200 kg.

26/10 Jesus, quando estava sendo crucificado, rezou para que, pelo menos, o soldado romano martelasse o próprio dedão.

27/10 "Pedro, até o final do dia me negará por três vezes...". "Não negarei, Senhor!". "Pronto, só faltam duas.".

28/10 Ateus deveriam ser gratos a Jesus. Pelo menos, pelos feriados!

29/10 Eu criei o Diabo para não ser culpado por tudo. E ele, para não ser culpado por tudo, criou os advogados.

30/10 Tem pastor que, em um só culto, diz fazer mais milagres do que Jesus fez durante toda a vida.

31/10 Minha ironia: durante o Halloween, o jovem vestido de Diabo comeu tanto doce que morreu de diabetes.

NOVEMBRO

01/11 Pela última vez! Não, Eu não estou fazendo a brincadeira do "Puxe meu dedo" no teto da Capela Sistina.

02/11 Piada de Dia de Finados, no purgatório: "Olha só, quem é vivo sempre aparece...".

03/11 Quando era bebê, Jesus tinha sua santa ceia em um santo seio.

04/11 Na escola, em Jerusalém, a brincadeira preferida de Jesus era "Siga o mestre".

05/11 Bibliotecário ateu sempre coloca a Bíblia na seção de ficção científica.

06/11 A Fé cura doenças. Mas, se Eu fosse vocês, apostaria mais no antibiótico.

07/11

Aprendam: Jesus conseguiu tantos seguidores porque nunca ficou insistindo "Me segue, que eu sigo de volta".

08/11

Não adianta abrir aí essa "nova janela anônima". Eu estou vendo tudo!

09/11

Atrasaremos a volta de Jesus! É que o carpinteiro do século XXI é o torneiro mecânico, e a profissão está com pouco crédito.

10/11 A única resposta lógica que Me interessa é a teológica.

11/11 Jesus curou o paralítico. Não o fez correr, sapatear, nem se tornar milionário, como acontece nos canais evangélicos.

12/11

Amados filhos do Acre, alguém aí já conseguiu encontrar as botas de Judas?

13/11 Quer saber? Sua última encarnação era muito mais divertida...

14/11 Quando Richard Dawkins morrer, vou trazê-lo para o Céu apenas para que ele olhe dentro dos Meus olhos e diga: “Devo estar delirando...”.

15/11 Gosto de homenagens, mas rock gospel é tanta hipocrisia quanto hambúrguer de soja.

16/11 Abraão pechinchou Comigo e Me fez baixar de 50 para 1 cidadão justo em Sodoma e Gomorra. Não é à toa que é pai dos judeus.

17/11 Pobre Adão que, quando Eva o incomodava, não podia nem mandá-la passar roupas.

18/11 Como Noé e seus filhos conseguiram repovoar toda a Terra? Simples: ainda não existia televisão nem internet.

19/11 Jesus, coitado, tinha apenas 12 seguidores. E um ainda deu unfollow.

20/11

Sempre que vires um relâmpago seguido de um trovão fui Eu que tirei uma foto e disse: "Essa vai pro Instagram".

21/11 Sempre que um pecador pede um sinal que prove Minha existência, Eu envio. Um melanoma.

22/11 Hoje é Dia do Músico. Quero mandar Meus agradecimentos a todos que tocam "pagod".

23/11 Reze para você estar rezando para o Deus certo!

24/11 No convite da Última Ceia, para ninguém faltar, Jesus deixou claro que a festa seria *open bar* de vinho.

25/11 Perdoa teu inimigo. Vai ver, no final das contas, ele se enforca no deserto e você sai por cima.

26/11 "Comerás o pão com o suor do teu rosto" é uma forma delicada de Eu lhe dizer: "Vai trabalhar, vagabundo!".

27/11

Meu filho transformou a água em vinho, mas foi o Tinhoso que transformou o vinho em dor de cabeça.

28/11

Maria, ao ver a bagunça que os apóstolos deixaram para ela arrumar, disse a Jesus que aquela seria a primeira e última ceia.

2 9 / 1 1

Se Noé fosse o Lula, a raça humana estaria perdida. "Arca? Casal de cada animal? Por causa de uma marolinha?".

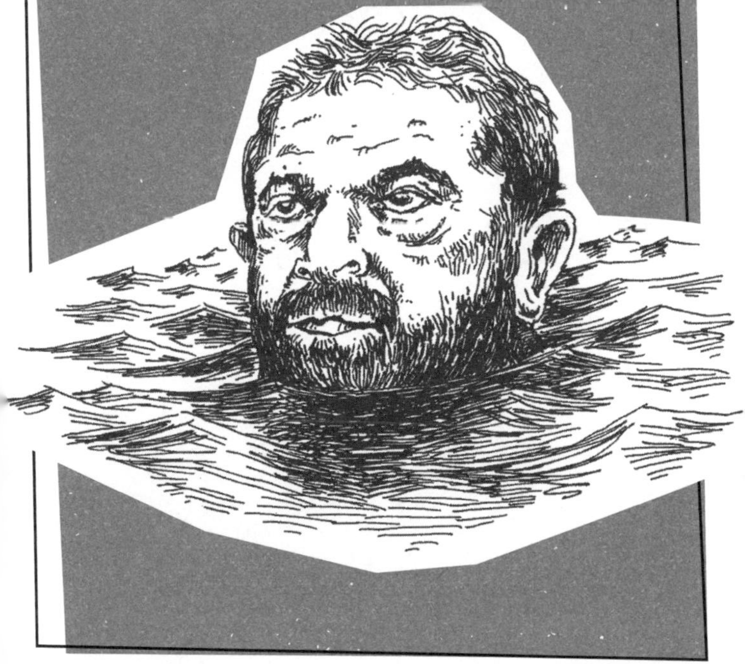

30/11

Aprecio rezas, preces e orações. Mas vocês acham mesmo que Eu vou alterar a lógica do destino só para atender seus reles desejos?

DEZEMBRO

01/12

Nestes mais de dois mil anos, a Bíblia foi escrita e reescrita tantas vezes que deveriam imprimir na capa “Baseado em fatos reais”.

02/12

Quando um pastor disser "Jesus te chama", certifique-se de que não seja uma chamada a cobrar...

03/12 O papo de "Jesus ama a todos" começou porque Ele, quando transformava muita água em vinho, saía dizendo isso para todo mundo.

04/12 Niemeyer chegou aqui propondo transformar em curva a linha do horizonte. Mas já deixei claro quem é o Grande Arquiteto do Universo por aqui!

05/12 A primeira coisa que Steve Jobs fez ao chegar aqui no Céu foi perguntar: "Ué, deu tela azul?".

06/12 Parem de rezar para São Januário. Ele não atenderá a nenhuma prece hoje, só na segunda.

07/12

Desculpem pelo calor, é que São Pedro entrou na andropausa...

08/12

Se vocês reclamam
tanto, imaginem
como se sentia Adão
quando Eva, todo fim
de ano, insistia em
fazer amigo secreto.

09/12

Papa Francisco,
com sua humildade,
conseguiu mudar a
imagem do Vaticano.
E tem quem não
acredite em milagre.
Vejam só: um
argentino humilde.

10/12 Às vezes, eu Me disfarço de textão no Facebook para testar a sua paciência.

11/12 Se a estrela que os Três Reis Magos seguiram fosse a de um certo partido, o menino Jesus só receberia incenso e mirra. O ouro teria sumido.

12/12 Que tédio! Vou interromper mais um download em 99%...

13/12 Ícaro jamais deveria ter ouvido aquele conselho: “Bota a cara no Sol, querida”.

14/12 No Natal, todos me convidarão a entrar em suas casas. Mas quanto tempo faz que vocês não vêm à Minha?

15/12 O calor está tão grande que tem gente querendo andar pelo vale da sombra.

16/12 Ateu se preparando para o Natal? Que falta de educação ir a uma festa de aniversário para a qual não foi convidado...

17/12 A ironia é que, às vésperas do Natal, Jesus, o maior representante do cristianismo, está em seu inferno astral.

18/12 Se Eu não fosse tão bom, ateu teria que trabalhar no Natal.

19/12 O Salvador que vos chegou no final de dezembro não é o décimo terceiro salário!

20/12 Aí, promoters: quero ver fazerem uma festa com 12 convidados, um pão e um vinho, que seja lembrada por mais de dois mil anos.

21/12 O protetor do verão é o São Down.

22/12 Papai Noel? Como vocês podem acreditar em algo que não há provas de que existe?

2 3 / 1 2

Se viajassem pelos aeroportos de hoje em dia, os Três Reis Magos só teriam chegado a tempo da crucificação.

24/12 Para que vocês nerds entendam: a ressurreição de Jesus foi como um grande F5.

25/12 É aniversário de Jesus, mas, na hora dos parabéns, nada de cantar "Com quem será..." com Maria Madalena, ok?

26/12 Jesus tem um trauma: receber, há mais de dois mil anos, apenas um presente, que vale pelo Natal e pelo aniversário.

27/12 No momento da crucificação, Jesus olhou dentro dos olhos do soldado romano e profetizou: “I’ll be back”.

28/12 Apenas um beijo entre pessoas do mesmo sexo Me incomodou: o que Judas deu em Jesus.

29/12 Eu não existo: Eu sou! Existir predispõe começo e fim. Se existo, não sou Deus. E sou Deus! Entendeu? Não! Pois não pensa, logo, não existe!

30/12 No Brasil, a Fé tem movido montanhas... de dinheiro.

3 1 / 1 2

Em nome do Pai, do Filho e do Espírito Santo. É nóis.

Este livro foi composto em Cambria e impresso pela Intergraf
para a Editora Planeta do Brasil em outubro de 2015.